天才による凡人のための短歌教室

木下龍也

著者と作品の紹介

木下龍也（きのした・たつや）

1988年、山口県生まれ。歌人。2013年に第一歌集『つむじ風、ここにあります』、16年に第二歌集『きみを嫌いな奴はクズだよ』（ともに書肆侃侃房）を刊行。18年、岡野大嗣との共著歌集『玄関の覗き穴から差してくる光のように生まれたはずだ』、19年には、谷川俊太郎と岡野大嗣との連詩による共著『今日は誰にも愛されたかった』、20年に本書、21年に『あなたのための短歌集』、22年に第三歌集『オールアラウンドユー』（いずれも小社）を刊行した。同じ池に二度落ちたことがある。

花束を抱えて乗ってきた人のためにみんなでつくる空間

自販機のひかりまみれのカゲロウが喉の渇きを癒せずにいる

ハンカチを落としましたよああこれは僕が鬼だということですか

「お弁当、あたためますか?」「ありがとう、ついでにこれも」「なんですか?」「星」

飛び上がり自殺をきっとするだろう人に翼を与えたならば

救急車の形に濡れてない場所を雨は素早く塗り消してゆく

「かなしい」と君の口から「しい」の風それがいちばんうつくしい風

あの世から見える桜がどの桜より美しくありますように

第一歌集『つむじ風、ここにあります』所収

あの虹を無視したら撃てあの虹に立ち止まったら撃つなゴジラを

ついてきてほしかったのに夢の門はひとり通ると崩れてしまう

家もまた家族の夢を見るだろう無人の床に降り積もる四季

ぼくなんかが生きながらえてなぜきみが死ぬのだろうか火に落ちる雪

ひとりならこんなに孤独ではないよ水槽で水道水を飼う

幽霊になりたてだからドアや壁すり抜けるときおめめ閉じちゃう

立てるかい　君が背負っているものを君ごと背負うこともできるよ

君とゆく道は曲がっていてほしい安易に先が見えないように

第二歌集『きみを嫌いな奴はクズだよ』所収

邦題になるとき消えたＴＨＥのような何かがぼくの日々に足りない

詩集から顔を上げれば息継ぎのようにぼくらの生活がある

七月、と天使は言った　てのひらをピースサインで軽くたたいて

キスまでの途方もなさに目を閉じてあなたのはじめましてを聞いた

共著歌集『玄関の覗き穴から差してくる光のように生まれたはずだ』所収

まぶしさに視線を折られればぼくたちは夕日の右のビルを見つめた

感情の乗りものだった犬の名にいまはかなしみさえも乗らない

抱きしめてきみの内部に垂れているつららをひとつひとつ砕くよ

海の奥からだれひとり戻らない　絶やそうか、絶やそうよ、かがり火

共著『今日は誰にも愛されたかった』所収

はじめに

僕は天才ではない。
正確に言うと、僕にとって僕は短歌の天才になりえない。
なぜなら僕には僕の短歌の意図、構造、工夫がすべてわかってしまうからだ。
一首の完成度について言えば現役の歌人のなかではトップクラスだと思う。
それでも僕にとっては僕の短歌がこの世でもっともつまらない。
僕が披露できるのは手品であり、魔法ではない。
タネも仕掛けもある僕の短歌は僕の胸をどうしても撃ち抜くことができない。
２０１１年から短歌を始め、そんな絶望にたどり着いた２０１７年に
「天才による凡人のための短歌教室」を開催するようになった。

僕にとっての短歌の天才を見つけるためだ。
これまでに培ったいくつかのコツを、まだ短歌を始めていない未知の天才に、
短歌を始めたばかりの未来の天才に伝え、なるべくはやく天才になってほしいからだ。
僕にとって最高の一首をつくるのは僕ではない。
この本を開いたあなただ。
これから紹介するいくつかのコツの先にある魔法をどうか見せてほしい。
僕には消すことのできない鳩を、どうか本当に消してほしい。
あなたという短歌の天才が目の前に立ちはだかる日を、
僕に参りましたと言わせてくれる日を、
僕は待っている。

引き返すならいまである。

あるひとつの挫折が短歌を始めるきっかけとなった。すこしだけ自分語りをさせてほしい。僕は短歌に逃げてきたのである。コピーライターの谷山雅計（まさかず）さんは僕の言葉の師であり恩人のひとりだ。当時の僕は謎の自信に満ちあふれ、短い文章を書くことについてはだれよりも才能があると思っていた。その才能を無邪気に垂れ流していれば、コピーライターになれるだろうと思い込み、谷山さんのコピーライター養成講座に通っていた。提出するコピーはことごとく褒められ、調子に乗りまくっていた。その講座の卒業制作発表の場で「きみはコピーライターには向いてない」と谷山さんから言われたのだ。一発即死。ゲームオーバー。目の前が真っ暗になった。現実に感情が追いつかなかったが、ゲームではないから現実は続いた。急に目標がなくなり、だれにも会いたくなくて、鬱々と本屋に通う日々が続いた。僕が人生を続ける意味が本屋の棚のどれかの本の何ページ目かに太字で書いてあることを願っていた。そんなときに出会ったのが短歌だった。広告関係の棚の裏に、歌集は静かに並んでいた。穂村弘さんの『ラインマーカーズ』という歌集だった。魔法のように次々と胸に刺さる言葉たちに衝撃を受けた。たった31音でこんなことができるのかよと震えた。短歌は五七五七七のリズムで読める短い詩だ。一行であることはコピーにも近い。何か書きたいという気持ちが宙に浮かんでいる状態の僕がのめり込むには最適な詩型だった。それからずっと、穂村さんから受け取った短歌というバトンを握りしめ、ひたすら書き続けて、いまに至る。適当に「これからもがんばって」と言っておけば丸く収まり、無駄なエネルギーを使わなくて済むはずのあの場で「きみはコピーライターには向いてない」と言ってくれた谷山さんにいまはとても感謝している。谷山さんの言葉には続きがある。「物語とか詩とかそっちのほうが向いているかもしれない」だ。谷山さんの言葉をいつか正解にしたいから、死ぬまで短歌をつくろうと思っている。あなたはどんなふうに短歌と出会ったのだろう。ただ、どんな出会いであれ、残念ながら短歌をつくることで幸福になることはない。手遅れかもしれないが、引き返すならいまだ。ここには出会いはあっても別れはなく、入口はあっても出口はない。

短歌でいいのか。

数多（あまた）ある表現方法のなかで、なぜ短歌を選ぶのか。僕の場合、基本的には消去法である。人付き合いが苦手だからバンドは無理。そもそも楽器が弾けないし歌も上手くないからミュージシャンは無理。恥ずかしがり屋だから役者も芸人も無理。立体を描けないから漫画家やイラストレーターは無理。シンプルに下手だし手汗ですぐにカメラが壊れそうだから写真家は無理。映画に関してはクリストファー・ノーランとコーエン兄弟とウディ・アレンとクエンティン・タランティーノと園子温さんと橋口亮輔さんと白石晃士さんとその他たくさんのすばらしい監督に任せるし、ずっと観客でいたい。長文を書く体力と時間がないし飽きっぽいから小説家は無理。どこで終わればいいのかわからないから詩人は無理。消去法でだいたい絞れてきたと思うが、ここでぶち当たるのが「じゃあ俳句でも良かったのでは」という問い。「俳句は短すぎてつくり手としてノレない」が僕の答えだ。俳句は五七五。俳句はたぶん相当に明晰な頭かつ冷酷な目の持ち主じゃないと無理だろう。

ほんとうに短歌でいいのか？

例えば、いまだれかに想いを伝えたいのであれば短歌である必要はない。愛する人がいま目の前にいるのであれば、実際に声に出して愛を伝えたほうがいい。愛する人がいま目の前にいないのであれば手紙を書いて、余すところなく愛を投函したほうがいい。いまこの瞬間の恋人のしぐさや、いまこの瞬間の木漏れ日を残しておきたいのであれば、写真や動画を撮ったほうがいい。そう、「いまこの瞬間」に対応できる最適なツールは短歌ではないのだ。短歌は過ぎ去った愛を、言えなかった想いを、見逃していた風景を書くのに適している。それらを、あなたがあなた自身のために、あなたに似ただれかのために、結晶化しておくには最適な詩型だ。記憶の奥にある思い出せない思い出を書くことには最適なツールなのである。思い出とはこれまでだ。そして、これまでに起きたことはこれからも姿かたちを変えて必ず起こる。だから、これからを生きやすくするための御守りとして役に立つ。短歌をつくることの利点はそれくらいしかない。

僕は三度あなたを引き止めた。
それでも短歌を書こうと思うのであれば次に進んでほしい。

UC
サロンパス
DMC
FINANCE
DMM

天才による凡人のための短歌教室

目次

テレビを観ろ、新聞を読め。

第2章　短歌をつくる

定型を守れ。
助詞を抜くな。
余白に甘えるな。
目を閉じて、よく見ろ。
音を意識しろ。
文字列をデザインせよ。
一首で遊び倒せ。
商品をつくれ。
投稿で負けまくれ。
たくさんつくれ。

なるべく書くな。

(困ったら)雨を降らせろ。月を出せ。花を咲かせろ。鳥を飛ばせろ。風を吹かせろ。ひかれ。

　だれか、何かを待て。時間、空の様子、季節を述べろ。

きらきらひかるな。

固定されたものごとを分解し、流動させろ。

すでにある物語やニュースを活用し、裏切れ。

死をいじくりたおせ。

神をいじくりたおせ。

メッセージではなくパッケージを盗め。

第3章　歌人として生きていく

どこで短歌を続けていくか。

群れるな。

短歌のルール

短歌は五七五七七のリズムで読める短い一行の詩です。ルールは五七五七七であること。それだけです。季語は必要ありませんし、古典で習った「けり」や「たり」などの文語を使う必要もありません。あなたが普通に話す言葉でかまいません。短歌そのものは一首、二首と数えます。五七五七七は文字の数ではなく、音の数です。例えば、

雑踏の中でゆっくりしゃがみこみほどけた蝶を生き返らせる
ざっとうの／なかでゆっくり／しゃがみこみ／ほどけたちょうを／いきかえらせる

というように合計31音で構成されるのが短歌です。前半の五七五が上句（かみのく）、後半の七七が下句（しものく）。五七五七七の型にはまらず、音数が多いものを「字余り」、音数が足りないものを「字足らず」、型を大きく逸脱しているものを「破調」と呼びます。また、

ぼくがこわせるものすべてぼくのものあなたもぼくのものになってよ

ぼくがこわ／せるものすべて／ぼくのもの／あなたもぼくの／ものになってよ

と「ぼくがこわ／せるものすべて」のように言葉が句をまたいでいるものを「句跨り」と呼びます。もうすこし説明すると、促音「っ」は一音として数えます。ちいさい文字のなかで一音として数えるのはこれだけです。そして、長音「ー」も一音として数えますので、「くっきー」は四音です。拗音「ゃ」「ゅ」「ょ」などを含む文字「きゃ」「しゅ」「ちょ」などは二音ではなく一音として数えますので、「きゃべつ」は三音、「しゅくだい」は四音、「ちょきんばこ」は五音となります。

以上が短歌の基礎知識ですが、これらは短歌を読んだりつくったりしているうちに身につくものですので、いま覚えられなくても大丈夫です。僕も読みながらつくりながら気付いたら覚えていました。

本書で引用した短歌には作者名とともに出典となる歌集を記しました。
それらの記載がない短歌は、木下龍也の作です。

第１章　歌人になる

すべては歌集に書かれてある。

短歌は0から始めなくてもいいジャンルだ。教科書に登場するような歌人から無名の歌人を含めた先人たちが、挑戦と失敗を繰り返して積み上げてきた土台がすでにある。その土台というのが歌集である。歌集を読めば、あなたはその上に立って、より高いところに手を伸ばすことができる。あなたにとって必要なすべては歌集に書かれてある。歌集はバトンなのだ。入門書や評論、文末に短歌が一首だけついているエッセイ集など短歌にまつわる本はたくさんあるけれど、とにかく短歌だけが入った歌集を読んでほしい。著者に会わなくていい。歌集を読むんだ。僕の第一歌集『つむじ風、ここにあります』には二六四首の短歌が収録されているが、その二六四首を収録するためにちょうど二六四首つくるわけではない。少なくとも二倍から三倍の短歌をつくり、収録候補にあげて、そこから削っていく。つまり歌集はその歌人のその時点の発想、技術の集大成、おいしいところだけを切り取った最高のフルコースであるということだ。意味が取れないもの、よくわからないものも含まれているだろう。けれど、とにかく五七五七七に切りながら最後までざっと読み通してみてほしい。それを何冊分か繰り返すうちに、短歌のリズムや短歌をつくるうえでの発想の種や構造を頭に刷り込むことができる。わからなかった短歌についても、書かれている文字列は変わらないのに、あなたが変わり、意味が取れるようになる。そして、いい歌に出会い続けることこそが短歌を好きだという気持ちを持続させるための何よりも良い栄養になる。読む前と読んだ後では世界が変わってしまう、そんな歌にたくさん出会ってほしい。短歌を始めたばかりの僕が夢中になって読んでいたおすすめの歌集をいくつか紹介する。再販や新版のある本はそちらを選んだ。

穂村弘『ラインマーカーズ』小学館／950円＋税
吉川宏志『吉川宏志歌集』砂子屋書房／2000円＋税
東直子『東直子集』邑書林／1300円＋税
枡野浩一『ますの。』実業之日本社／1000円＋税

松村正直『駅へ』ながらみ書房／２０００円＋税
奥村晃作『奥村晃作歌集』砂子屋書房／１６００円＋税
萩原裕幸『デジタル・ビスケット』沖積舎／３５００円＋税
魚村晋太郎『銀耳』砂子屋書房／３０００円＋税
奥田亡羊『亡羊』短歌研究社／２６６７円＋税
雪舟えま『たんぽるぽる』短歌研究社／１７００円＋税
笹井宏之『ひとさらい』書肆侃侃房／１２００円＋税
斉藤斎藤『渡辺のわたし　新装版』港の人／１５００円＋税
永井祐『日本の中でたのしく暮らす』短歌研究社／１３００円＋税
光森裕樹『鈴を産むひばり』港の人／２２００円＋税
中澤系『uta0001.txt』皓星社／２０００円＋税

どれもが基礎となり、いまの僕を支えてくれている。出版社名と定価を書いたのでぜひ手に入れてほしい。次にあげるのは、比較的若手の、ほぼ僕と同世代の歌人による第一歌集だ。こちらには刊行された年も記した。すでに第二歌集を出版している方もいる。書店でこの名前を見つけたら迷わず買って損はない。短歌の今後を背負っていく星たちである。

岡野大嗣『サイレンと犀』書肆侃侃房／1700円＋税／2014年
伊舎堂仁『トントングラム』書肆侃侃房／1700円＋税／2014年
服部真里子『行け広野へと』本阿弥書店／2000円＋税／2014年
大森静佳『新版　てのひらを燃やす』角川書店／1600円＋税／※旧版刊行2013年
望月裕二郎『あそこ』書肆侃侃房／1700円＋税／2013年
鈴木晴香『夜にあやまってくれ』書肆侃侃房／1700円＋税／2016年
九螺ささら『ゆめのほとり鳥』書肆侃侃房／1700円＋税／2018年
瀬戸夏子『そのなかに心臓をつくって住みなさい』密林社／1500円＋税／2012年
吉岡太朗『ひだりききの機械』短歌研究社／1800円＋税／2014年

藪内亮輔『海蛇と珊瑚』角川書店／2200円＋税／2018年
千種創一『砂丘律』青磁社／1400円＋税／2015年
山階基『風にあたる』短歌研究社／1700円＋税／2019年
石井僚一『死ぬほど好きだから死なねーよ』短歌研究社／1700円＋税／2017年
初谷むい『花は泡、そこにいたって会いたいよ』書肆侃侃房／1700円＋税／2018年
工藤吉生『世界で一番すばらしい俺』短歌研究社／1500円＋税／2020年

合計三十冊で5万3517円＋税だ。手に入れる方法はそれぞれとして、すべてを読むことをおすすめしたい。また、ここでは紹介しきれないが、この他にもすばらしい歌人や歌集は多い。最初の一冊は直感でいい。手にしたその本が、次の一冊につながるはずだ。

まずは歌人をふたりインストールせよ。

歌集を読んでいくうちに好みの歌人が見つかるだろう。そのなかからふたりを目標とし、徹底的に真似をしてインストールしてほしい。目標がひとりだとただの真似、なんかあの人っぽいですね、で終わってしまう。ふたりであることによってそれらがあなたのなかで混ざり合い、「あの人っぽさ」から距離を取ることができる。僕の場合、そのふたりは穂村弘と吉川宏志だった。

体温計くわえて窓に額つけ「ゆひら」とさわぐ雪のことかよ
水滴のひとつひとつが月の檻レインコートの肩を抱けば
終バスにふたりは眠る紫の〈降りますランプ〉に取り囲まれて

穂村弘『シンジケート』

ガラス戸にやもりの腹を押しつけて闇は水圧のごときを持ちぬ
フィラメントのごとく後肢を光らせてあしながが蜂がひぐれに飛べり
円形の和紙に貼りつく赤きひれ掬われしのち金魚は濡れる

吉川宏志『青蟬』

ダブルひろし。メジャーと王道。穂村さんからは想像世界へのまなざし、吉川さんからは現実世界へのまなざしを学んだ。このふたりの歌集はもちろん、手に入るすべての著作を読み、作品の傾向、思想、文体を身に染み込ませた。真似をして真似をしてはみ出る部分がオリジナリティと呼ばれるものだ。オリジナリティは気にしなくても読者が見つけてくれる。自分で無理やり出そうと焦る必要はない。また、目標とする歌人が影響を受けた歌人、その歌人が影響を受けた歌人というように掘っていくのもひとつの手だ。そうすれば温故知新を実践できる。そして歌人に限らず小説家、詩人、俳人、コピーライター、エッセイスト、映画監督、音楽家、漫画家、落語家、お笑い芸人、YouTuber などありとあらゆるジャンルの人間による作品をインストールしてほしい。それらがあなたの短歌に滲み出てくる日がきっと来る。行き詰まりを感じたときにあなたの短歌を更新してくれる材料にきっとなる。いまのあなたに足りない部分を照らしてくれる。

作歌を日課に。

短歌をつくることを毎日の習慣にする。やらないと違和感がある、そわそわする、という状態まで持っていく。そのためにはつくる場所と時間を決めておくとよい。僕の場合は夜の11時には机に向かい、必ず一首つくる。結局、毎日短歌をつくるためには、時間を決めて書き始めるしかないのだ。書き終えたら、すぐに次の一首のためのアイデアを探し始める。そして翌日の夜の11時には机に向かい、一首つくる。そこに魔法なんてない。ただ地道な作業があるだけだ。おすすめはしないが、僕は仕事から帰るのが遅くなった日は夜ごはんを抜いて時間を確保している。短歌をつくることをルーティンにしよう。アイデアは電車や車での移動中に思いつきやすい。これから天才歌人になるあなたには吊り革にぶら下がりながらスマホのゲームに費やす無駄な時間はない。短歌を考えてほしい。ああもう何も書けないと思ってシャワーを浴びているとき、洗濯物を干しているときなんかも僕はアイデアが浮かびやすい。とにかく五七五七七をつくるための場所・時間を自分のなかに持つことが大事だ。ここで注意しなければならないのは、短歌を始めたばかりのあなたが考えるべきは「短歌」であって「短歌について」ではないということ。いい歌とは何か、どうすれば他者の心を打つことができるか、それらはもちろん大事なことだが、考え始めたらキリがない。短歌についてではなく、まずは短歌を考える。最初のうちはとにかく机に向かって手を動かす。何か使いたい言葉やテーマを持って短歌という入れ物に向き合うのもいいし、最悪、手ぶらでアイデアなしに向き合うのもいい。待っていればなにかしらの言葉を31音という定型が引き出してくれる。最悪の場合、書けなくてもいい。というか時間も気力もなくて書けない日もあるだろう。僕もある。そんな日は短歌を一首つくるのではなく、読むだけでもいい。短歌に触れない一日をなくそう。

歌人と名乗れ。

「私みたいな初心者が短歌をつくってもよいのでしょうか？」「僕みたいな一般人が短歌をつくってもいいのですか？」という質問をいただくことがある。答えはひとつ。いいに決まっている。初心者も中級者も上級者もない。僕だって一般人だ。気軽につくってくれて構わない。むしろ、しがらみや重荷のないうちにたくさんつくってほしい。初期衝動でつくる短歌ほど輝かしいものはない。一首つくればだれでも歌人だ。二首目をつくるまえにSNSのプロフィールに歌人と書くんだ。まだ何も知らないあなたがつくる短歌こそ最高におもしろいのだ。刊行イベントなどで「はじめてつくりました」とおそるおそるノートを見せてくれる方がたくさんいらっしゃったが、そこにすばらしい一首が書かれているという体験を何度もした。それに白紙に向かうときの僕はいまでも怯えている。千首つくったって二千首つくったたって、同じなんだ。だからあなたも歌人と名乗っていい。

作者名で短歌の邪魔をするな。

短歌と作者名は多くの場合、セットで世の中へ出て人の目に触れる。そのとき、作者名が短歌の邪魔になってはならない。本名か筆名かで迷ったら、本名をそのまま使うことをおすすめする。木下龍也は本名だ。僕の場合は筆名にしようなんて思いもしなかったし、特に困ることもこれまでなかった。けれど社会生活上の支障がある場合や、不特定多数の読者に本名を知られるのが恐ろしい場合は、姓と名で構成されていて、美しすぎずおもしろすぎず、けれど他の名前に似ていないし埋もれもしない筆名を考えよう。穂村弘は筆名だ。本名っぽい絶妙な筆名である。そして筆名の良し悪しで迷ったら、こう自分に問いかけてみよう。「その名前、一生使えますか?」と。自分がおばあさんやおじいさんになったときにもその名前で短歌をつくれるだろうか、と一度立ち止まってみよう。いまぱっと思いついた「ハイパーストロベリーいちご」とか「ファンシーシーシュリンプ海老太郎」とかはおそらく全然ダメである。

書を捨てず、町へ出よう。

世界は短歌の材料の宝庫だ。部屋のなかや頭のなかに閉じこもっているのはもったいない。ネットこそ、SNSこそ世界そのもののように見える日もあるけれど、そこにあるのはだれかによって調理済みの言葉、画像、映像でしかない。だれの手垢も付いていない素材そのものは現実世界を歩いて自分の五感で刈り取ってくるしかない。頭のなかで0から情景やシチュエーションを組み立てて短歌にするよりは、実際に見たもの、実際に感じたことを起点にしたほうが短歌として強いし、なにより一首の完成までがはやい。「強い」というのは読者に届く力ではなくて、これは届くと、つくり手として信じる力のことである。その起点は自分の外側に素材のまま無数に用意されている。例えば中華料理屋を隅々まで想像してみよう。短冊に書かれた手書きのメニュー、鍋を振る音、食欲をそそる匂い、べとべとの床、べとべとのテーブル、しかめっ面のオヤジ。でも僕が実際に行って発見したのは油で黒ずんでいる中華料理屋の電話の子機のボタンだった。想像だけでは見つけられないけれど、実際には存在している材料。そういうものを町へ出て、積極的に採取していこう。逆に、まったくの想像を起点に組み立てた短歌であっても、そこに固有の体験をひとつ入れることによって、歌の温度が上がる。そうすれば、つくり手であるあなたにとって忘れられない歌になるはずで、だれかにとってもそうなる可能性が高くなるはずだ。ちなみに、中華料理屋の電話の子機のボタンのことはまだ短歌にしていない。

テレビを観ろ、新聞を読め。

普通の人であれということだ。歌人というとどうも浮世離れした人という平安時代のイメージがまだあるようだが、普通とされていること、常識とされていること、共通認識とされていること、時代の空気がどう動いているか、を知っておくべきだ。常識人であれというよりは、常識人が何を常識と思っているかを知っておくべき、ということである。電車に乗っている大半の人が世の中に対して思っていそうなことを知っておくべきだ。そこを土台にすれば普通を裏切る、非常識な考えを持つ、共通認識にない新しい価値を提案するということが可能になる。みんなの頭のなかにあること=共通項、自分の頭のなかにしかないこと=独創性。このバランスを調節すれば、共感（そうそうそうだよね）の歌、納得（そう言われてみればそうだね）の歌、驚異（感嘆符、ときどき疑問符）の歌をつくることができる。

共感

さっきまで騒いでたのにトイレでは他人みたいな会釈をされる

手がかりはくたびれ具合だけだったビニール傘のひとつに触れる

裏側に張りついているヨーグルト舐めとるときはいつもひとりだ

新しい朝が来たけど僕たちは昨日と同じ体操をする

体温の移っていない部分まで足を伸ばしてまた引っ込める

納得

カードキー忘れて水を買いに出て僕は世界に閉じ込められる

飛び上がり自殺をきっとするだろう人に翼を与えたならば

B型の不足を叫ぶ青年が血のいれものとして僕を見る

生前は無名であった鶏がからあげクンとして蘇る

自転車に乗れない春はもう来ない乗らない春を重ねるだけだ

驚異

「腋の下をみせるざんす」と迫りつつキャデラック型チュッパチャップス

穂村弘『ラインマーカーズ』

ママンあれはぼくの鳥だねママンママンぼくの落とした砂じゃないよね

東直子『青卵』

ペガサスは私にはきっと優しくてあなたのことは殺してくれる

冬野きりん／穂村弘『短歌ください』

好きでしょ、蛇口。だって飛びでているとこが三つもあるし、光っているわ

陣崎草子『春戦争』

たすけて枝毛姉さんたすけて西川毛布のタグたすけて夜中になで回す顔

飯田有子『林檎貫通式』

共感・納得の歌は読者が考えられる範囲内のことを提供する。読者の頭のなかにある、またはあったことを言葉にするのが共感の歌。読者の頭のなかにはないが、すこし考えれば

腑に落ちるのが納得の歌だ。どちらも即効性がありＳＮＳに置くには適しているが、中毒性はなく、消化されやすいというデメリットもある。わかると人は考えることをやめてしまう。長く立ち止まらせることができないから、すぐに忘れられてしまう。一方、驚異の歌は読者が考えられる範囲外のことを提供する。これまで頭のなかにあったことがないし、腑にも落ちないのが驚異の歌だ。異物である。けれど、わからないということ、満足させないということで、その歌に読者を長く留まり続けさせることができる。読者の頭に残すことができる。三種類のなかで得意なもの、短歌を置く場所に適したものをバランスよくつくっていけばいい。

第２章　短歌をつくる

定型を守れ。

短歌の定型は五七五七七。これが短歌において最大の盾であり剣だ。定型という言葉の入れ物が感情や記憶を含む生身のあなたを保護する。そしてこの入れ物は長い歴史をかけて研がれた剣であり、日本人の意識になぜかたやすく刺さる。短歌を始めたばかりの方に言いたいのは、歌集一冊分に相当するくらい、つくり始めて三百首くらいまでは五七五七七をはみ出さず定型を守ってほしいということだ。そうすれば短歌のリズムが身に染み込む。まずは守・破・離の守。妥協による音数超過と字余りは別物だ。言葉の選択や語順の変更によって定型に収まるのであればその努力は惜しむべきではない。字余りするのであれば、理由がほしい。字余りは考え抜いた上での技法だ。これは覚えておこう。その歌の最大のポイントとなるような字余りならば決まったときにとてもとてもかっこいい。例えば、

風の交叉点すれ違うとき心臓に全治二秒の手傷を負えり

穂村弘『ドライドライアイス』

これは「風の交叉点」という初句（五七五七七のうち最初の五のこと）の字余りで八七五七七となっている。「風の」を消して「交叉点」とすれば五七五七七の定型となる。つまり、あえて「風の」と付けられていることがわかる。「風の」を付け加えることによって読むスピードが変わる。五に収まるべきところなので少々早口にさらりと読み下すことになる。それはほんとうの風のようであり「風の交叉点」というひらけたイメージにもつながる。そのひらけたイメージと「全治二秒の手傷」という小さな、けれど自分にしかわからないからこそ重要でちっぽけな傷のイメージが対比されており、やはり「風の」はこの歌にとって重要であることがわかるはずだ。これは短歌が五七五七七であるという強い意識が育ったうえで活きてくる技であり、楽しむことのできるおいしい部分だ。だから最初はなるべく定型を意識して歌をつくろう。

助詞を抜くな。

定型を守るために助詞を抜くというのは短歌を始めたばかりの方に多く見られる現象だ。一概にダメとは言えないが、これをやると31音の流れにぶつ切り感が出てしまい、ビギナー感まるだしとなる。例えば僕が最初につくった短歌はこれだ。

針に糸通せぬ父もメトロでは目を閉じたまま東京を縫う

これも助詞を抜いている。話し言葉であれば「針に糸を」となるところを定型に合わせるために「針に糸」としている。つくった当時は気にならなかったが、いまなら「針に糸を」とする。助詞はなるべく抜かない。助詞を入れることによって定型をはみ出し、それが字余りという技法とまで呼べないのであれば、やはり言葉の選択、語順の変更をして五七五七七に収めよう。声に出してみて普段の話し言葉に近づけ、31音の流れをなめらかにしよう。読み手に無駄なひっかかりを与えないように。もうひとつ加えておくならば「通せぬ」も気になる。口語だと「通せない」となるが、定型に収めようとして不自然に文語を使ってしまっている。これも短歌を始めて間もない方の作品には多く見られる。短歌のイメージにひっぱられず、あなたはあなたが普段使っている言葉で軽やかに短歌をつくっていいのだ。

余白に甘えるな。

見てわかるとおり短歌は余白の多い詩型だ。小説と違って読者をスタートからゴールまで導くことはできず、われわれ歌人に示すことができるのはゴールへ向かうための小さな矢印程度だ。31音分しか書けないから読者にとって想像の余地、悪く言えば不明瞭な部分は必ず生じてしまう。その余白に、読者は自分の経験や思考を投影して、あらためて自分と出会い直して、感情を動かしてくれる。けれどそこに甘えてしまって、ここからはお任せしますでは、つくる側としては向上がない。僕は短歌をつくるとき、僕の頭に浮かんでいる映像や絵とまったく同じものを読者の頭に浮かべたいと思いながらつくっている。喜怒哀楽のどの感情をどの程度動かしたいのか意識しながらつくっている。うまくいかないこともあるが、その言葉の選択がどう作用し、どんな効果があるのか、他の言葉に置き換えたときどんな違いが生まれるのかは推敲によってしっかり検討して相手の想像の隅々までコントロールできるくらいに一首の精度を上げていくべきだ。小説と違って一音一音につ

いて徹底的に（病的に）こだわることができるのが短歌の良いところである。例えば、

車椅子の女の靴の純白をエレベーターが開くまで見る

靴の色を「純白」としたのは、この短歌の主体が見ている色と読者が見るはずの色を一致させるためだ。「白色」では弱い。

欠席のはずの佐藤が校庭を横切っている何か背負って

横切っているのが「佐藤」であることはわかるが、背負っているものが「何か」はわからない距離。読者にもその距離感で「佐藤」を見せたかった。「何か」を「銃を」と書かなかったのはこの短歌の主体と同じように、何か良くないことが起こる寸前の不安を味わってほしかったからだ。

目を閉じて、よく見ろ。

いまこの瞬間を書く必要はない。あなたが書くべきはあなたが見ているその月ではなく、あなたがいつか見たあの月だ。いまこの瞬間、あなたが見ている月について言葉はいらない。どんな言葉よりもその月のほうがうつくしいからだ。見とれていい。黙っていればいい。無理に言葉にする必要はなく、目に焼き付ければそれでいい。それが思い出になったとき、目を閉じてもう一度その記憶のなかの月をよく見てほしい。おそらく何かが欠けていて、何かが不鮮明になっているはずだ。そこにこそ詩の入り込む余地がある。

茶畑の案山子の首は奪われて月の光のなかの十字架

書くことは思い出すことだ。だから日々、いろいろなものを見て、頭のなかに静止画や動画としてストックしていってほしい。頭のなかの倉庫から取り出した風景を、実際に見た風景に近づけるために言葉で再構築する。そのとき詩は生まれる。欠けた何かを補うための言葉、不鮮明な何かにピントを合わせ鮮明にするための言葉、それこそが詩だ。あなたの記憶のなかにも短歌の材料は眠っている。

音を意識しろ。

短歌は短い歌。音は武器だ。例えば、

ハーブティーにハーブ煮えつつ春の夜の嘘つきはどらえもんのはじまり

穂村弘『シンジケート』

これは上句（五七五）で「ハーブティー」「ハーブ」「春」と意識的に頭韻（とういん）が使われている。「秋の夜の」とすることもできそうだが、そうするとやはりこの歌の暗唱性に傷がついてしまう。

唇が荒れるくらいの長いキスまでに交わした短い会話

声に出してみるとわかるがこれは「か行」の文字を過剰に使った歌。「が」を含めるとか行の音が八回登場する。このように音に意識的であることは歌の暗唱性を高め、記憶に長く残しやすくなり、なにより声に出してみるとたのしいのだが、この歌は内容がナルシストっぽくて自作ながらきもちわるい。記憶には残してほしくない。

文字列をデザインせよ。

表記にこだわろう。短歌は始まりから終わりまでの全体が一度に目へ飛び込んでくる詩型である。目はまず全体を捉え、意味の理解に取り掛かる。そのとき読者に効果的なストレスを与えることで、一首の滞在時間を長くすることができる。例えば、

ひらがなのさくせんしれいしょがとどくさいねんしょうのへいしのために

という短歌。これをパソコンの変換に従って書くと、次のようになる。

平仮名の作戦司令書が届く最年少の兵士の為に

いかがだろうか。内容は同じだが、新聞や会社の書類などを読み慣れているわれわれにとっ

てひらがなで書かれると読みにくい。だからこそ目に入ったときに「ん？　なんだろう」と読者の目を止めることができる。変換に従って書くよりもひらがなにひらいた方がこの一首への滞在時間が長くなり、読んだ後に「こども向けの作戦司令書だからひらがななんだな」という気づきを与え、一首へ没入してもらいやすくなるのだ。また、穂村弘さんの歌に

眼鏡猿栗鼠猿蜘蛛猿手長猿月の設計図を盗み出せ

穂村弘『ラインマーカーズ』

というのがある。これは漢字に統一することでさきほどのひらがなの歌と同様の効果を発揮している。ただパソコンの変換に従うのではなく、ここはひらがなにひらく、あるいは漢字にする、英語の表記にしてみる、という選択をすることが一首のデザイン性を高め、一首に没入してもらうためには大事なポイントである。その他にも工夫されたデザインの

短歌に、

手放しで漕ぐチャリをダンプにすれすれでかわされてこの馬鹿野郎轢き殺したくねえのか

岡野大嗣『玄関の覗き穴から差してくる光のように生まれたはずだ』

実際よりだいぶ近くに見えてる気しない？　ニトリの文字でかくない？

岡野大嗣『たやすみなさい』

登校日　すべすべした手でかえされたMONO消しゴムのOが●

伊舎堂仁『トントングラム』

第三次世界大戦終戦後懇親会に~~御~~出席します　~~御欠席~~

伊舎堂仁『トントングラム』

などがある。このように読者の目をしっかりと意識してデザインされた短歌に出会うと、どうして先に思いつかなかったんだろうと悔しくなると同時に、31音の可能性はまだまだ広げられるな、と嬉しくなる。

一首で遊び倒せ。

「推敲」というと堅苦しいかもしれないが、あなたの短歌をよくすることができるのはあなただけなのだ。その一首でもっと遊んでみよう。遊びながら育てよう。意味の重なりを削ったり、言葉の選択によって、31音にスペースができないか、スペースができたらそこに何を入れるか、あるいは詰め込みすぎていないか、二首にわけたほうがわかりやすいのではないか、別の視点から書けばどうなるか、他のバリエーションはできないか、名詞を変えることはできないか——。例として、僕が推敲に苦しんだ一首を紹介する。始まりは「虹ってもう半分は地面に埋まってんじゃね?」という簡単な思いつきである。

半分の虹は地面の下にありその七色を死者は見ている

これが第一稿である。気になったのは、

・「虹」と「七色」の意味の重なり
・「地面の下にあり」という説明的な部分で字数を消費しすぎている
・「死者」はどこから半分の虹を見ているのか、「死者」が人間を指すのであれば火葬され、たましいは天上にあるというのが一般的な感覚ではないか。
という三点である。これらを考慮して

半分の虹は地中に隠されて埋まる金魚の目に映ってる

これが第二稿である。「虹」と「七色」の意味の重なり、「地面の下にあり」という説明的な部分は解消できた。「死者」を「金魚」とすることで火葬されず庭などに埋められていることにも納得がいく。気になったのは、
・「隠されて」いるのはなぜか
・「映ってる」という「い抜き」言葉

・「埋まる金魚」という表現
・「目に映」るのは（映ったとしても）土だけではないか
という四点である。これらを考慮して、

土葬されている金魚は見ているか地中に埋まる半分の虹

これが第三稿である。困ったら語順の変更だ。主語を「半分の虹」から「金魚」にして「埋まる金魚」という表現も「土葬されている金魚」に変えた。「目に映ってる」という言い切りはどうも嘘くさいと思えたため「見ているか」という問いかけにした。そして「半分の虹」が「隠されて」いるというのは僕の感覚とずれていたので木の根っこなどと同じように「埋ま」っているものとした。これで完成のように思われたが、気になったのは、
・「土葬され／ている金魚は」というひっかかり（句跨り）
・「土葬されている」「見ている」の「いる」「いる」

・地上の虹と地中の虹を主体（この歌の主人公）と金魚が同時に見ているような表現にできないか

・そもそも虹を輪っかのようなものだと捉えているということが伝わっているのか

という四点である。そろそろいやになってくる。

虹　土葬された金魚は見ているか地中に埋まるもう半輪を

これが第四稿。前稿でピースの形はほぼ決まっていた。あとはそれらを定型というパズルにどう収めるか。ベッドで目を閉じながら考え続けた。そのときピコーンと思いついたのが「虹　土葬」という始まりだ。笹井宏之さんの歌集『てんとろり』に、

風。そしてあなたがねむる数万の夜へわたしはシーツをかける

という歌がある。とても有名な歌で、もちろん僕の頭にも刷り込まれていたはずだ。だから「虹　土葬」という始まりにしてみたのだろうと、いまになって思う。「虹　土葬／された金魚は／見ているか」と指折り数えながら、ピースは自然に定型へ収まっていった。それと同時に、気になっていた点も解消されていく。このときの快感はおそらく歌人でないと体験できない。「地中に埋まる」であと残り七。「もう半輪を」。そうだ、もう半輪を、だ。同時に見ているということ、虹が輪っかであるということも書けている。よし、完成だ。このようにして真夜中までひとりで遊び倒してもだれにも文句は言われない。しかも無料だ。どうかあなたにも体験してほしい。その一首に快感と手応えを感じる瞬間を。

商品をつくれ。

僕は投稿から短歌を始めた。短歌には新聞、雑誌、ネットと投稿する場がたくさんある。投稿はオーディションのようなもので、芸人さんがネタを作りプロデューサーさんにネタ見せをするようにその短歌の良し悪しを判断してもらう場所だ。僕はそういうところに短歌を投稿しまくって掲載されまくった結果、歌集を出版するに至った。デビューの方法はいろいろあると思うが、僕はこの道しか歩いてないから、あなたがもし同じ道を歩きたいのであれば、投稿をする際は選者が書いているエッセイ、歌集、評論などを読んでその人の選ぶ歌の好み、傾向を把握して、対策を立て、短歌をつくれとアドバイスする。顔の見えないたくさんの読者ではなく、選者たったひとりを口説き落とせばいい。僕が歌集を出すために短歌で説得したのは、おそらくたったの数人だ。最初のうちは審判の前でうまく踊って目立つ。そこから道は開けるし、道が開けたら自分の好きなように踊ればいい。自分の好みの歌をつくるよりは、求められている短歌を、つまりは商品を最初はつくろう。

投稿で負けまくれ。

投稿を活動の中心にしていたころは「短歌ください」「うたらば」「毎日歌壇」「日経歌壇」この四つに短歌を送りまくって自分で言うのもあれだが採用されまくっていた。「短歌ください」と「うたらば」にはお題があり、応募数に制限がない。お題のいいところは、そのお題がなければつくらなかったであろう短歌をつくらせてもらえることだ。お題がある場合の必勝法は、似たような十首ではなく、まったく違う十首を送ることだ。例えば「うたらば」の第95回のテーマ「本」に2016年の僕が送った短歌がこちら。

× ゆっくりとルイス・キャロルを引きちぎる君の煙草を巻く紙のため
× コンビニに取り囲まれた図書館の飲食禁止の文字が大きい
× ただいまの地震によって落丁や乱丁の恐れがございます
× 恋という栞を僕は『百年の孤独』にいくつ挟むのだろう

× 今宵、すべての『ゼクシィ』の濁点を奪い昭和のエロ本にする。

× ぼくたちはどこにいたって時の目に読まれて〈了〉に近づいてゆく

× あなたを忘れるために開いた小説があなたの声で再生される

× 本日は蝉の国会中継をお送りします（羽音に注意）

× 死にたさを診察室で吐いたって詩集を処方されるのがオチ

○ 詩集から顔を上げればぼくらの生活がある

「本」から連想される言葉（ルイス・キャロル、図書館、落丁や乱丁、栞、百年の孤独、ゼクシィ、〈了〉、小説、本日、詩集）を書き出してみてそれらを起点に十首つくったのだが、○のついた最後の一首だけ採用された。十戦中、一勝九敗である。採用されまくっていた、と先ほど書いたが、実際はご覧の通りその十倍不採用にもされまくっていたのである。一首送って一首採用される。つまり一戦一勝ができればそれに越したことはないが、僕にとっては一勝をつくるための九敗こそ大事だったようにいまでは思う。一勝についてはそれで終わりだ。いじるところがない。けれど九敗については何が足りなかったのか、どう工夫すればよかったのか、別のアイデアはないかを検討し、推敲するいい機会になる。そして、ひとつのお題に対して十通りの答えを絞り出す力は今後のあなたにとってきっと大きな糧になるはずだ。悩む力が鍛えられる。「毎日歌壇」にはお題がなく、応募数に制限もない。「日経歌壇」にもお題はないが一週につき三首までという制限がある。お題がない場合は自分でお題を設定すればいい。新聞歌壇であるから、いまの時代の空気をお題にして短歌をつくるのもひとつのうまいやりかただ。さあ、準備ができたら投稿せよ。伝説をつくり始めよう。

たくさんつくれ。

聞き飽きたかもしれないが、やっぱり量が質を生む。ひとつのお題を設定し、さまざまな視点から短歌をつくってみよう。これ、自分以外のだれか（父、母、友人、上司、犬、猫、神など）から見たらどう書けるだろう。これ、別のものに例えたらどう書けるだろう。これ、あれと組み合わせたらどう書けるだろう、これ、簡略化したら、複雑化したらどう書けるだろう、と。歌人は小説家が一編の小説を書く時間でたくさんの短歌をつくることができる。つまり小説家ができる挑戦と失敗の数よりもたくさんの挑戦と失敗が歌人にはできる。そして、その挑戦と失敗はいつか歌集として実を結んだとき、後ろに続く歌人の土台になる。可能な限りの挑戦をして失敗をすればいい。僕はひとつの成功のためにたくさんの失敗をしている。前項でもふれたが投稿をしていた頃はひとつのお題に対して一首採用されるために最低十首はつくっていた。つまり読者には見えない失敗を九首分していたことになる。けれどある日、九首の失敗のうちのひとつを推敲したのが共著『玄関の覗き穴から差してくる光のように生まれたはずだ』に収録した「邦題になるとき消えたＴＨＥのような何かがぼくの日々に足りない」だ。捨てようと思っていた短歌だが、ＳＮＳで引用されることも多く最近では詩人の三角みづ紀さんが『令和版百人一首リレー』という企画にこの歌を採用してくれもした。だから、たくさん失敗することは無駄ではない。磨けばひかる石なのだ。けれど、たくさんつくっても評価が追いつくのには数年かかる。いいねやリツイートといったＳＮＳの即時性に慣れた世代としては遅いと感じるかもしれないけれど、あきらめずにたくさんつくって、たくさん発信してほしい。いつか日の目を見るそのときのために。

なるべく書くな。

思いついたアイデアは頭のなかの黒板に書いておいて、なるべく文字として紙に落とさない。文字として紙に落としてしまうとそれは固定されて自由な発想に制限をかけてしまう。これはコピーライターの梅本洋一さんから教わったことだ。日々の生活のなかで忘れてしまうのであれば、忘れてしまう程度のアイデアだったということだろう。なるべく抽象的に、頭のなかに抱えておく。時の洗礼と熟成を与える。文字を与えるのはそれからでも遅くはない。前項の【たくさんつくれ。】とは相反するように見えるが、このふたつは順番に使えばいい。ひとつのお題を自分の頭のなかに置いたら【なるべく書くな。】を実践する。この期間は長ければ長いほどいい。そのお題についてぼんやりと考え、忘れ、またぼんやりと考え、忘れるを繰り返す。そして締め切りが近くなり、いざ書くと決めたら【たくさんつくれ。】を実践する。また、お題はないけれどいつか短歌にしたい考えについては【なるべく書くな。】を実践するといい。例えば、僕の場合「ある朝、男が何の気なしに手を挙げる。それを合図としたかのように地球の裏側で鳥が飛び立つ。僕には見えないだけで、そんな偶然は世界中で起きているだろう」という考えが短歌を始めて間もない頃、頭のなかにずっとあった。ここで手を挙げて、どこかで鳥が飛ぶ。そのシーンがずっと頭の中に置かれ、文字になることはなかった。その間にもいくつもの締め切りがやってきて短歌をつくり続けたが、これには手を付けず言葉以前のぼんやりとした映像として頭のなかに放置しておいた。そして、この考えはある日突然短歌として実を結んだ。

独白もきっと会話になるだろう世界の声をすべて拾えば

日々、短歌を読んだりつくったりしていれば頭のなかに短歌用の思考回路というか五七五七七の水路ができる。その水路は短歌をつくることで溝が深くなり、歌集を読みあたらしい短歌に出会うことで、無数に枝分かれしてゆく。そこに長く放置していた考えを流してみると自分でも驚くくらい自然に短歌となることがある。もちろん書かないことは恐ろしい。メモしないことは怖い。思いついたことをすべて書き出して、書きながら考えるというのも手だが、なるべく書かず言葉以前の考えをじっくり見つめながら悩んでみるのも大切である。悩める力がいちばん大事、とは谷山雅計さんもおっしゃっていた。一首の完成までには何度も立ち止まり、時間をかけていい。

（困ったら）雨を降らせろ。月を出せ。花を咲かせろ。鳥を飛ばせろ。風を吹かせろ。ひかれ。だれか、何かを待て。時間、空の様子、季節を述べろ。

短歌をつくっていて「あと二文字足りない」「シチュエーションが思いつかない」「どうも締まりがない」などと困ったときはこの言葉を思い出してほしい。花鳥風月は現代人にはあまり親しみがないからこそ一首を短歌らしく引き締めてくれる小道具になる。同じ内容の短歌でも晴れの日と雨の日では印象がまったく違うのにもかかわらず「雨」と書いておけば雨が降るのだから、演出方法としては映画の撮影なんかよりずっと楽だ。これを使って僕のつくった短歌の一例がこれだ。けっこう使っている。

なかゆびに君の匂いが残ってるような気がする**雨**の三叉路
茶畑の案山子の首は奪われて**月**の光のなかの十字架
もうずっと泣いてる空を癒そうとあなたが選ぶ**花**柄の傘

神：「あとは若いふたりに任せよう」アダム：（うつむく）イブ：（鳥を見る）

風の午後『完全自殺マニュアル』の延滞者ふと返却に来る

自販機の**ひかり**まみれのカゲロウが喉の渇きを癒せずにいる

透明な電車を五本見送って見える電車を待っている**朝**

前線に送り込まれたおにぎりは**午前三時**に全滅したよ

夕暮れのゼブラゾーンをビートルズみたいに歩くたったひとりで

冬、僕はゆっくりひとつずつ燃やす君を離れて枯れた言葉を

きらきらひかるな。

これは予定調和的な言葉のつながりを避けよ、という意味だ。短歌は31音しかない。そのなかにきらきらひかる、くるくるまわる、ゆらゆらゆれるのようなだれでもつながりを予測できる言葉、慣用句を置いてしまうのはもったいない。また、ひとつの言葉から連想しやすい言葉を置くのも避けたほうがよい。見慣れた言葉の連なりは、何のひっかかりもなくさらっと読み流されてしまう。では、きらきらひかるじゃなくてなんだったらいいんだろう、とたまたま短歌教室に来てくれた服部真里子さんという歌人に聞いてみたところ「べとべとひかる」と即答されたのでこのひと天才だと思ったことがある。それはさておき、言わなくてもわかる箇所など（例えば雨が降るは雨と書けば十分な場合もある）も積極的に省くことで新たな言葉を置くスペースが生まれる。スペースが生まれれば新たな要素を組み込むことができる。自分のつくった歌についてそういったところがないか検証することを習慣にしよう。

固定されたものごとを分解し、流動させろ。

言葉の役割は固定することだ。そして、ひとつの像へ瞬時にアクセスするための記号でもある。名付けること、と言ったほうがわかりやすいかもしれない。名付けることによって、これは「リンゴ」であるとか「机」であるとか「パソコン」であるとかだれもが共通の認識を持てるようになる。まだ名付けられていない「もの」というのは新商品や新たに発見された物質でもないかぎりほとんど存在しない。周りを見渡してみても名前のない「もの」などおそらくない。けれど名付けられていない「こと」はある。たまにTwitterでこの現象に名前を付けてほしいという文章を目にするが、この「こと」を見つけるのが大変難しい。これを見つけて短歌にできれば名作となるだろうが、なかなかあるものではない。むしろ手っ取り早いのはその逆だ。すでに名付けられた「もの」の意味を分解し、言葉による固定を流動させることによって詩を生むことだ。わかる「もの」をわかりにくい「こと」にして理解のスピードを遅くするというのがひとつの手法としてある。例えば、

鮭の死を米で包んでまたさらに海苔で包んだあれが食べたい

ただ「おにぎりが食べたい」と言っているだけのこの短歌は、おにぎりを意味的に分解することによって理解のスピードを遅くして、詩っぽく仕立てている。また、

サラ・ジェシカ・パーカーさんが三叉路でサラとジェシカとパーカーになる

一人の名前であるサラ・ジェシカ・パーカーさんを三人の名前として分解することでなんだかコミカルかつ奇妙な風景を描き出している。このような固定を分解するお遊びは国語辞典を眺めているといろいろと思いつくかもしれない。単語と意味の往復は頭の体操にもなっておもしろい。

すでにある物語やニュースを活用し、裏切れ。

だれもが耳にしたことのある物語、話題、言葉、つまり多くの人が持つ共通項のなかに独創性を組み込むことによって楽に短歌として成立させることができる。例えば、

〈物語〉

ショッカーの時給を知ったライダーが力を抜いて繰り出すキック

やめてくれおれはドラえもんになんかなりたくなぼくドラえもんです

あの虹を無視したら撃てあの虹に立ち止まったら撃つなゴジラを

細々と暮らしたいからばあさんや大きな桃は捨ててきなさい

YAH YAH YAH 殴りに行けば YAH YAH YAH 殴り返しに来る笠地蔵

これらは右から順に「仮面ライダー」「ドラえもん」「ゴジラ」「桃太郎」「笠地蔵」という

物語の前提があるからこそ、他者との共有が簡単で受け入れられやすいものとなる。

〈ニュース〉

あなたが日本海に落としたのは金のミサイルですか銀のミサイルですか
光あれ。（翌日神は不適切発言として謝罪しました）
炎天の千手観音握手会まんなかの手に客が集まる
リクルートスーツでゆれる幽霊は死亡理由をはきはきしゃべる
本日もJRをご侮辱いただきありがとうございます、散れ

これも右から順に「北朝鮮のミサイル（金（キム）のミサイル）」「政治家の不適切発言」「アイドルの握手会」「就職活動」「人身事故」のニュースをもとにして、別の要素と組み合わせたり、別の視点を組み込むことで短歌として成立させている。特にこれらは（残念ながら）毎年と言っていいほど報道されるニュースなので、短歌自体もあまり古びることがない。

世の中は多くの物語、ニュースで溢れかえっている。あなたが短歌をつくるとき、それを活用することによって、合気道のように短歌を書くことが可能になる。

死をいじくりたおせ。

生と恋と死。これらは人間あるあるだ。だれもが生きていて、ほとんどの人が恋をして、だれもが死ぬ。だからこのうちのどれかをベースにして短歌をつくれば、内容がどれだけ特殊であってもそのベースの部分で最低限の関心を引くことができる。簡単なのは恋について書くことだろう。あんなに感情を引き出され、あんなに人を狂わせるものはないし、どの恋も平凡で特殊だからだ。あなたはそれを思い出しながら書けばいい。そこには必ず固有の熱量の高い体験が眠っている。想像の産物にそれを投げ込めば短歌の温度が上がる。実際に恋をしたことがなくても参考資料はNetflixにたくさん用意されている。恋のよろこびやくるしみを書くことはそのまま生きるよろこびやくるしみを書くことにもつながる。生についても恋についてもわれわれはどうしようもなく当事者なのだ。だが、死についてては当事者になることができない。死はいつも他人のものである。外側だけがあり、内側がない。祖父が死に、同級生が死に、遠い親戚が死ぬ。だれもがだれかの死後を生きている。いつか、もうすぐかもしれないが、自分も同じように死ぬだろう。けれど、自分の死にはその先がない。自分の死後を自分は生きることができない。自分の死を体験することはできないのだ。だから何もわからない。つまりなんとでも言えるということだ。ある程度の配慮は必要だが、死をいじくりたおして死に向き合え。こんなにもわからなくて、こんなにも謎で、けれど必ず来るものは他にない。死について書くとき短歌という詩型を使えば、余計なことを言わずして確信めいたことが書けてしまう。自作からいくつかの例を紹介する。

飛び降りて死ねない鳥があの窓と決めて速度を上げてゆく午後
ぼくなんかが生きながらえてなぜきみが死ぬのだろうか火に落ちる雪
死別ではないから余計さみしくて顔面にぶちあてる五月雨
卵とは死にあいた穴　それなのに殻を破ってしまうのですか
心電図の波の終わりにぼくが見る海がきれいでありますように

神をいじくりたおせ。

死と同様に、科学がいくら進歩しても神についてはほとんど何もわかっていない。外側だけ、言葉だけがあって実体がない。その内側をまだだれも知らない。神もまた、なんとでも書ける対象である。僕は特定の神を信仰していないし、神はいるのかいないのか、ほんとうのところはわからない。いると思っていたほうが生きやすいときもあれば、いないと思っていたほうが生きやすいときもある。宇宙の始まりを考えるとどうも神（のような存在）がいたのではないかと思うが、この宇宙にはもういないだろうというのが最近の僕が思っていることだ。スイッチを押して去ったのだろう、と。まあそんな話はいいとして、神という字面は強いので短歌のなかに置いておけば一首を引き締めるのに効果的である。自作のなかから神の短歌のいくつかを紹介する。

神様は君を選んで殺さない君を選んで生かしもしない

死神の死角で眠れ弟よ愛と吸入器は忘れるな
エマージェンシーブレーキが作動してアダムとイブを轢き殺せない
天使に声変わりはない　少年はそう告げられて喉を焼き切る
キリストの年収額をサブアカで暴露している千手観音
あの羽は飾りなんだよ重力は天使に関与できないからね
神様にケンカ売ったらぼこぼこにされちまったぜまじありがとう

メッセージではなくパッケージを盗め。

歌の内容をそのまま拝借すればパクリだが、内容ではなく構造を拝借してみよう。例えば、

サルビアに埋もれた如雨露　二番目に好きな人へと君は変われり

吉川宏志『吉川宏志集』

この歌は最初の五七で風景を描写し、五七七で感情を述べている。風景と感情を一字空けて配置することで「不明確」に補完し合い、詩を生んでいる。この構造を拝借して

ゆうぐれの森に溺れる無数の木　つよく愛したほうがくるしむ

という歌をつくった。並べた風景と感情がやや近すぎるようにも思うが、それっぽくはなっ

ている。また、同じ吉川さんの歌に、

ガラス壺の砂糖粒子に埋もれゆくスプーンのごとく椅子にもたれる

吉川宏志『青蟬』

というのがある。これも吉川さんお得意の直喩の歌で、こんな長い直喩ありなんだと思った僕は、

ボス戦の直前にあるセーブ部屋みたいなファミマだけど寄ってく?

という歌をつくった。これらのように元ガソリンスタンドだがいまはラーメン屋とか、元病院だがいまはお化け屋敷とか、そういった居抜き物件のように、すでにある構造を使って短歌をつくる方法もある。

第３章　歌人として生きていく

どこで短歌を続けていくか。

短歌に対する情熱が絶えそうなとき、短歌結社は頼もしい存在となるだろう。「未来」「塔」「短歌人」など短歌界にはいくつもの短歌結社がある。いくらかの会費を払いさえすれば、その結社が発行する結社誌に短歌を提出することを求められ、批評会や歌会で選者や先輩からアドバイスをもらうこともできるピラミッド型の組織である。企業をイメージすればわかりやすい。代表取締役がいて、幹部がいて、上司、同僚がいる世界だ。所属することにはメリットもデメリットもあるだろう。僕もいくつかお誘いをいただいたし、敬愛する歌人の吉川宏志さんは「塔」という結社の主宰であるから所属を検討したこともあったが、人間関係が苦手なので、短歌を始めた頃から無所属である。所属と無所属の違いは会社員とフリーランスの違いに近いかもしれない。会社員であれば雑務も回ってくるし、何かをする場合は上席の許可が必要になる。歌会や歌会後の飲み会に参加すればハラスメントの加害者になることも被害者になることもあるかもしれない。フリーランスであればすべてを自分で動かして、孤独とうまく付き合わなければならないが、信頼する数名との人間関係だけで作歌活動を続けることができるからトラブル等に巻き込まれることは少ない。僕は結社に所属したことがないので、所属することによる恩恵のすべて、災難のすべてを知るわけではない。僕は淡々とひとりで活動するのが性に合っていたし、人間から短歌を学ぶより、本から短歌を学んだほうが効率がいいと判断し、結社に所属しなかった。それだけだ。すばらしいプレイヤーの条件として所属／無所属は関係ない。結社の歌人にも無所属の歌人にもすばらしいプレーヤーはたくさんいる。短歌を続けるために、あなたはどちらを選択してもいい。軽やかに選んで、間違えていたらやり直せばいいだけのことだ。

群れるな。

2011年に短歌を始めて、僕はいまこの瞬間までずっと短歌が好きだ。これまでに短歌から離れていった歌人を何人も見てきた僕にとって、いまこの瞬間まで短歌が好きであるということはとても幸運なことに思える。すでに短歌を好きなあなたも、これから短歌を好きになるであろうあなたも、どうすれば短歌が好きだという気持ちを守り、育てていけるのだろうか。さて、ここで僕がこれまでの経験からはじき出した「短歌を嫌いになる原因ランキング」一位から三位を発表したい。ちなみに短歌そのものが原因で短歌を嫌いになる人は少ないと思う。実力や才能でもないだろう。だってそれは時間さえかければ磨いていけるものだから。では、その原因は……

第一位：他の歌人　第二位：他の歌人　第三位：他の歌人

はい、一位から三位までぜんぶ「他の歌人」である。セクハラ、パワハラは論外だが、そんな人間関係が原因で短歌を嫌いになってしまうのはあまりにももったいない。そんなものに短歌の邪魔をさせては絶対にならない。だから、僕からあなたへ歌人としてこれからどう生きていくかについて言えるのは、孤立せよ、孤高であれ、孤独であれ、ひとりであれ、ということだ。人として社会のなかで生きていくうえでそうあることはむずかしいかもしれない。会社は辞めないほうがいい。お金に困る。短歌の収入だけで暮らしている歌人はおそらくいない。あなたが大金持ちでもない限りは、短歌以外に安定的な収入源を確保すべきだ。それに上司、同僚、部下との付き合いは大事だ。部屋にこもって短歌だけに向き合っていると簡単に心が弱ってしまう。けれど、歌人としては一貫して「個」であろう。そうあろうと努力しよう。群れるな。短歌そのものが人付き合いや話し合いで良くなることは決してない。友人との会話で得られるものはあるかもしれないが、真に創造的な作品は孤独から生まれる。歌人が目を向けるべきは他人の評価や顔色ではなく目の前の白紙だ。歌人が耳を傾けるべきは他人の自慢話ではなく自分の胸のうちだ。もう一度言う。群れるな。

歌人として確固とした「個」というものを築いた者同士が集うのはいい。次のステージへ進むために、新たなものを生み出すために、そのような交わりは必要だ。共著『玄関の覗き穴から差してくる光のように生まれたはずだ』や『今日は誰にも愛されたかった』を通して歌人の岡野大嗣さんや詩人の谷川俊太郎さんと交流できたことは、ひとりでは到達不可能な領域へ足を踏み入れる貴重な体験となった。けれど、歌人としての「個」を築く前にふにゃふにゃのまま群れてもただ傷つくし、無闇に相手を傷つけるだけだ。僕はそう思う。

心身ともに普通であれ。

心身ともに健康であれ、ということまでは求めない。あなたの心身が、あなたにとって普通の状態にあること。短歌に向き合うのはそれからでも遅くない。もしもいま、普通ではないと感じるのであれば、短歌を後回しにして、そのことを解決するために時間を使ってほしい。短歌は待ってくれる。あなたが短歌を離れることはあっても、短歌があなたを離れることはない。生まれてからこれまでに育ててきた価値観が違うから、僕にはあなたの普通がわからない。それに、いまあなたにとって普通でないことが、普通になることもある。凪を待とう。頭が痛いことが普通の方もいるだろう。大きな病気にかかっていることが普通の方もいるだろう。あるいは心が、怒りや悲しみにとらわれているのが普通の方もいるだろう。他者から見て、幸福の絶頂や不幸のどん底と思えるような状況が、当人にとっては普通である場合もある。だから、普通であればそれでよい。心身ともに普通の状態で短歌をつくろう。それからでも遅くはない。

自作と自分を切り離せ。

短歌をやっている人はやや繊細な方が多いように思う。だから自作について否定的な意見をもらったときに傷ついて短歌そのものから離れていってしまう人もたくさんいる。短歌はあなたの一部にすぎず、あなたそのものではない。ただの言葉だ。言葉よりあなた自身の方が大切なのだ。読者からは短歌の内容＝作者と見られがちだが、作者側はそこを切り離しておくべきだ。言葉とあなた。あなたの方が断然大事なのは当たり前だ。もしも短歌にまつわるあれこれで死にたくなったら、迷わず短歌を捨ててほしい。あなたと短歌。天秤にかける必要もなく、捨てるべきは短歌だ。これは絶対に覚えておいてほしい。健やかに歌人として生きていくためには何を言われたって「クソリプ」だと思って受け流そう。現実世界にはミュートやブロック機能がないから大変ではあるが。何か言ってくる歌人のほとんどは自作がうまくいっていない奴だから気にしなくていい。反論してあなたが相手のレベルまで落ちる必要はない。

歌人以外の顔を持て。

短歌以外に、短歌と同じくらい没入できる趣味を持とう。短歌という居場所以外に、もうひとつ自分を好きになれる居場所を見つけよう。短歌だけだと短歌が頓挫してしまったときに生き甲斐そのものを失ってしまう可能性がある。世界とつながっておく方法を短歌以外に持っておいてほしい。仕事がそうなら、それもいいだろう。短歌以外のその何かが、短歌によい影響を及ぼすものであればなおよいと思う。ふたつの趣味や居場所、その両輪で生きていこう。僕の場合は怪談を聴くことが趣味だ。言葉だけで聴く人の頭のなかに映像を立ち上げ、話の始まりから、目的地まで丁寧に誘導し、まるで自分がそこにいるかのように恐怖を体感させる技術からは多くを学ばせてもらっている。

短歌は歌集になりたがっている。

1、第一歌集を出せ。

本屋さんに並んでいる歌集のほとんどが自費出版だ。穂村弘さんが『短歌という爆弾』のなかで書かれているように、歌集を出版するためには著者負担として100万円、もしくはそれ以上のお金がかかる。僕の場合も、第一歌集だけは書籍の著者買取分、監修費用を含め70万円ほど支払って出版した。穂村さんの時代よりは若干ましにはなったものの、当時の僕にはそんな大金を支払う財力もなく、頭を下げて父親にお金を借りた。70万円の借金をして自分の短歌を本にする意味ってあるんだろうか、と悩みはしたが、いまとなっては出版してよかったと思う。短歌はインターネットに浮かぶ断片としてではなく、本になってようやく届く層がある。ものとして本屋にあるというのは強い。インターネットは基本的に自分の嗜好性の方向にしか掘っていけないから出会えない層が必ずいる。けれど本屋に歌集が置かれれば、好むと好まざるとにかかわらず目にふれ、手に取ってもらえる。数十年後も知らないだれかに読んでもらえる可能性がある。本書刊行元のナナロク社は自費出版はしていないが、「あたらしい歌集選考会」という第一歌集の刊行を目的とした公開選考会を始めた。募集要項に「応募条件・刊行条件を明確にして才能を広く募る」「著者の費用負担や、書籍購入の必用はありません」とあるのに共感して僕も選考者として協力している。また、出版社から刊行できなくても、ネット印刷の中綴じ冊子なら、数万円で作ることができる。書店に置いてもらうハードルは上がるが、短歌を歌集という形にまとめ人に届けることはできる。第一歌集を出そう。そして、その歌集で思いっきり僕を打ちのめしてほしい。

2、埋もれない外観を与えよ。

書店で歌集の棚を眺めていると、文字列の表記にこだわる歌人が、どうして歌集の装幀にはこだわらないのだろうと思うことが多々ある。という僕も第一歌集を出版した当時は原稿が完成したことにほっとして装幀についてはほとんど無頓着だった。もっと手をかければよかったなと思う。まず手に取ってもらわなければ、その歌集にどれだけ良い短歌が収められていても読まれることがない。どれだけおいしいケーキでも、新聞紙に包まれて置かれていたら買わないだろう。これは半分冗談だが、理想は「中身が白紙でも外見だけでその人の本棚に加えてもらえる歌集」だ。年間で数百冊発行される歌集のなかに埋もれてしまっては意味がない。また、帯文についても同様に、本にとっての強力な武器となる。書いてもらえるかは別として基本的にはあなたが書いてもらいたい人に依頼もできる。これは歌集をつくったご褒美のようなものだと僕は思っている。短歌という見慣れないジャンルの、知らない著者の本を買ってしまっていいのだろうか、という未来の読者の不安を払拭する。そして、帯文を書いてくれた人のファンをも、短歌の世界に招くチャンスでもある。

3、宣伝せよ。

売れている歌集だけがいい歌集だとは僕自身も思わない。絶版になってしまったものを含め、売れていないけれどいい歌集をたくさん知っている。それでも歌集を出したなら売れたほうがいい。売れるとは届くということだ。多くの人の手に届いたほうがいい。あなたはあなたの歌集を、多くの人に届けて、その他多くの歌集を照らす灯として育てる義務がある。その歌集を、次に短歌というバトンを受け取る人へつなぐ義務がある。あらゆる手を尽くして宣伝をして、売れてほしい。ＳＮＳでの発信、出版社や書店と手を組んでのトークイベント、サイン会、展示会、いずれも歌集を売るためには必要なことだ。読者に飽きられるのは仕方がないが、著者自身が歌集の宣伝に飽きてしまってはならない。

短歌をお金に換えよ。

お金の話をするのは、短歌界ではあまり歓迎されない。けれどプレイヤーであるあなたにとっては重要な話でもある。少し抵抗はあるが、僕自身を例に書いてみようと思う。

1、原稿料について

ある日突然、原稿依頼はメールや手紙で送られてくる。そして、短歌雑誌からの依頼である場合は、ほぼ原稿料が明記されていない。「こんな特集です。こんな短歌を○月○日までに○首ください。依頼を受けるかどうか、ひとまず返信をください。」という内容がほとんどである。とりあえず承諾して話を進めていくうちに、あるいは原稿を提出した後に原稿料が明かされる。これはよくない慣習である。企業同士の取引であればありえない。金額を提示されなければ書き手としてどのくらいの労力と時間をかけるべきなのか計算しかねる。原稿料を提示しない理由はふたつ考えられそうだ。ひとつは予算がないこと。短歌雑誌を買うのはほぼ短歌関係者である。ものすごく小さなコミュニティで経済を回しているから、書き手に支払う予算がほぼない。それでも金額は最初に提示するべきだろう。いくら少ない金額でも、好きな雑誌であれば書くのだから。ふたつめの理由は「書かせてあげましょう」という態度にあるのではないかと思う。短歌には小説などに比べて純粋な読者が少なく、読み手であると同時に書き手である場合が多い。短歌を始めたばかりの書き手は、短歌雑誌から最新の短歌や評論を学ぶ。今月号の書き手はだれだろう、次はどんな特集だろうと胸を躍らせていると、ある日その短歌雑誌から依頼が来るのだ。光栄なことである。雑誌や新聞の投稿欄へ投稿した短歌に値段が付くことはない。0円だ。憧れの短歌雑誌から依頼が来たら、いくら原稿料が安くても書くだろう。はじめて自分の短歌に値段がつくのだから。僕もそうだった。つまり、上から下への依頼という構図に短歌雑誌も歌人も慣れてしまっている。これは後進のためにもよくない。若い才能にはそれなりの対価を支払うべきである。短歌以外の雑誌からいただく依頼にはほとんどの場合、原稿料が明記されていて、その原稿料は短歌雑誌が提示してくる原稿料の約十倍だ。まあそれはいいとして原稿依頼をする際はどうか原稿料を明記してほしい。そして、できれば原稿料を上げてほしい。原稿料を上げることは短歌界全体のレベルアップにも、若い書き手のモチベーションアップにも確実につながるのだから。

2、「あなたのための短歌一首」について

2017年9月からBASEというサービスを利用して短歌の販売を始めた。購入者からひとつのお題をいただいて短歌をつくり、それを便箋に書いて封筒で送る。一首6400円（2020年10月現在）。お送りした短歌を作者である僕は一切公表しない。あなたのための短歌なので、どのように使っていただいてもかまわない、という簡潔なものである。歌人の枡野浩一さんが応募者の名前を詠み込んだ短歌をつくる「名前短歌」というサービスをされていたので、それを参考にさせていただいたが「あなたのための短歌一首」は

お題を名前に限定しない。漢字一文字でもエピソードでもなんでもいい。販売開始から五〇〇首ほどつくったが、お題は個人的で切実なお悩みが多い。「家宝にします。」や「鞄に入れて毎日持ち歩いています。」などうれしい感想をいただくことも多い。これまでの活動を通して不特定多数の読者へ向けた短歌しかつくってこなかった僕にとっては、一対一で短歌を、その人の今後を左右するかもしれない短歌をつくることは責任重大でありながらも、言葉の重みを再認識する新鮮な体験だ。平安時代にこの詩型は愛おしいたったひとりへ向けて書くものだったのだから「あなたのための短歌一首」は原点回帰のようなものなのかもしれないな、とも思う。この活動は作歌を続けていく上で原稿料や印税以外の安定的な収入源となっている。古いタイプの歌人には売文と言われ、批判を受けることもあったが、待つだけではなく自分から仕事を開拓していくことが、今後を生きてゆく歌人としては重要なことのひとつである。あなたもぜひ、あなたなりの方法で短歌を販売してみてほしい。

第４章　推敲編

本章ではナナロク社主催「木下龍也の短歌教室」やクロワッサンONLINEの連載「歌人・木下龍也の短歌組手」に受講生や読者のみなさんから投稿された短歌について「偉そうにすみません」と思いながら僕なりに推敲した結果をいくつか紹介します。元歌として取りあげた短歌はいずれも引き付ける力のある作品ですが、どこを変更したか、それによってどのような効果があるのかという点に着目して読み進めてください。

省略と具体性

元歌：リズム良く鳴る笛の音クロールの水の飛沫も君だと思う
推敲：クロールの水の飛沫が君だったエイトビートでループする笛

真野陽太朗

元歌の「クロールの水の飛沫も君だと思う」はいい表現です。プールサイドからか、教室の窓からか、泳いでいる「君」そのものはあまり見えないけれど「水の飛沫」に「君」を感じてしまう。そんな恋の高揚感を捉えています。ドアの閉め方も君、くしゃみも君、足音も君と様々なバリエーションも生み出せそうです。推敲案では元歌の上句「リズム良く鳴る笛の音」は具体的にどう鳴っているのかという点、「笛」と書けば「鳴る」「音」はいずれも省略可能である点、それら二点の解決方法として「エイトビートでループする笛」ともう一歩踏み込んだ表現とし、定型に収めるため下句へ移動させました。パズルのようですが、元歌の下句「クロールの水の飛沫も君だと思う」の「だと思う」を「だった」に変え、五七五として上句へ移動させています。また、元歌の下句の「も」を「が」とすることで視界の焦点を絞っています。上句は「クロールの水の飛沫が君だった」と「水の飛沫」で「君」だとわかるくらい僕は「君」が好きなんだとなり、下句では、それを確信したあの瞬間、かけがえのない夏の一瞬を「ループする笛」の音とともに頭のなかで繰り返し思い出している、というような演出を施しています。

枝葉を断つ

元歌：すおーんと近づいてくるプリウスに轢かれた青年　3マス戻る　齊藤安紀
推敲：すおーんと近づいてくるプリウスが青年を轢きすおーんと去る

プリウスの移動音として「すおーん」は最適な擬音語。この「すおーん」を覚えてしまったら、今後プリウスの移動音は「すおーん」にしか聞こえなくなるはずです。小説家の舞城王太郎さんが『阿修羅ガール』でガラケーのボタンを押す音を「にちにち」と表現していたのですが、それと同じくらいの最適さを持って読者の認識を固定する力のある擬音、すばらしい発明です。ところで、元歌は結句に「3マス戻る」と置くことによって、プリウスが青年を轢く光景と神のような上位の存在が人生ゲームをしている光景の二重構造となっているのですが「すおーん」を最大限に活かすための設定として、人生ゲームでいいのか、そもそも二重構造が適切なのかどうかは検討の余地があると思います。例えば、

すおーんと近づいてくるプリウスが青年を狩る　30いいね

と設定を人生ゲームからSNSに変更することもできますが、やはり「すおーん」を邪魔している気がします。よって、推敲案では二重構造を排除し「すおーん」という擬音の良さを前面に押し出すことにしました。枝葉を断つことによって花の美しさを引き立てました。

身体感覚

森本尚子

元歌：静寂の眠りの海に潜れない身体が浮いて打ち寄せられる
推敲：あたたかいねむりの海へ潜れずに朝の岸辺へ打ち上げられる

眠りたいのに眠れないときの身体感覚を海というモチーフを使って丁寧に描写できています。たしかに眠れないときに目を閉じて、眠ろうとすればするほど逆に意識がはっきりして「眠りの海に潜れない」。そしていずれは覚醒という岸に、あるいは朝という浜辺に、眠れないまま「打ち寄せられ」てしまう。推敲案について、元歌の「静寂の」はこのままでもいいような気もしましたが、身体感覚を表現するため「あたたかい」へ変更しました。また「潜れない」「浮いて」はどちらも「身体」が海面上に存在している状態を書いていますので「浮いて」を省略しました。残した「潜れない」は積極的に眠ろうとはしているが眠れないということを表現するために「潜れずに」としました。「身体が」も書かなくても伝わる部分ですので省略しています。結果、「身体が浮いて」という七音を省略できたので、どこへ打ち寄せられるのか、という要素を「朝の岸辺へ」として追加しました。結句の「打ち寄せられる」を「打ち上げられる」としたのは、生物が海岸に横たわっている場合「打ち上げられる」と表現するほうが的確ではないかと思ったためです。

類語を探す

元歌：点滅の横断歩道を駆けるときみたいな速度できみに会いたい　木村槿
推敲：点滅のゼブラゾーンを駆け抜けるときの速度できみに会いたい

急がないとちょっとほんとうに死ぬかもしれない、という場面を利用してどのような速度で「きみに会いたい」のかという気持ちをうまく表現している一首です。「横断歩道」というどこかノスタルジックな字面の良さは捨てがたいところですが、推敲案では定型に収めるために「ゼブラゾーン」としています。これって別の言い方はなかったかなと頭のなかや類語辞典などから探してみるのも推敲の一助となります。また、元歌の「みたいな速度で」の「みたいな」を省略しました。「みたいな」以前のすべてが「速度」を表現するための比喩であることは充分に読者へ伝わるためです。省略した「みたいな」は例えるものと例えられるものをつなぐための「の」とし、あとは音数の調節として「駆けるとき」を「駆け抜けるとき」とすることで、五八五八七だった元歌を五七五七七の定型へ収め、ひっかかりなく読み進められるようにして「きみに会いたい」へ颯爽(さっそう)と着地する歌に仕上げました。

無価値さを高める

元歌：ここだけの秘密よ、ぺんぺん草のぺのどっちかひとつは片仮名らしい　阿部啓
推敲：ここだけの秘密よ、ぺんぺん草のぺのふたつめのぺは片仮名なのよ

着眼点がすばらしいです。「ぺんぺん草のぺのどっちかひとつは片仮名」という、この世界に仕組まれたバグ、あるいはいたずらをこの短歌の主人公（主体）が誰かへ耳打ちするようなシーンを切り取っています。たとえ本当にどちらかの「ぺ」が「片仮名」であっても、それを知った誰かにとって有益性があるわけではなく、この情報自体は社会的に無価値なのですが、社会的に無価値であるからこそ短歌においては唯一無二の歌、これまでにない歌となりやすく、そこにうまく目をつけています。推敲案では「どっちかひとつ」ではなく「ふたつめのぺが片仮名」であると特定することによって情報の社会的な無価値さを高め、また「らしい」と噂レベルの秘密で終わらせるのではなく「なのよ」と断言し「ここだけの秘密よ」という導入の本気度を高めるとともに、主体の言葉づかいに一貫性を持たせてみました。

焦点を絞る

元歌：花びらが咲いていた木から落ちるその軌道は二度と戻れない道　ポチコ

推敲：花びらが花から落ちる　行きだけの切符を買ったあなたのように

元歌の上句「花びらが咲いていた木から落ちる」という把握は何も間違っておらず、遠くから見ればたしかにそうなんです。「花びら」は「木から落ち」ている。けれど、視点を全体から部分へ移し、木↓枝↓花↓花びらと焦点を絞って観察してみると、木と花の関係性よりもう一歩踏み込んだ、花と花びらの関係性を把握することができます。推敲案の「花びらが花から落ちる」という表現はこのように導き出しています。ひとつの対象を様々な位置や距離から観察することで見ている物事の解像度が上がり、一首の表現の質も高まるはずです。また、元歌の下句「その軌道は二度と戻れない道」は「行きだけの切符を買ったあなたのように」として、この短歌の主体の追憶の物語を登場させることで、一首のなかに現在と過去、二つの場面を共存させて、内容をより重層的にしています。

影を描く

元歌：年下の球を年下が打ち返し年下たちが見送っている　岡本雄矢
推敲：年下が投げ年下が打ち返し年下たちが見送っている

夕暮れどきの土手や校庭で見る野球少年っていつもきらきらしていますよね。「年下」と繰り返すことによって、自身が年上であることを、そのきらきらから離れてしまったということを、痛感しているというよりはしみじみと噛みしめている。そんな短歌の主体の気持ちが伝わってくる一首です。推敲案では「の球を」を「が投げ」に変更することで「年下」「年下たち」に続く言葉を動詞に統一しました。たった四音の変更ですが、動作が連なることによって「球」そのものは消えても、何をしているかは読者へ充分伝わる。影を置き、実物を想像させるという詩的な魔球を披露することができます。

テンプレ化する

元歌：底に塩ばかり残ったふりかけをいつまでゆかりと呼べるだろうか　平井まどか
推敲：思い出にばかり残った面影をいつまで恋と呼べるだろうか

「ゆかり」の終盤はたしかにほぼ塩だけのふりかけになりますよね。なんだか砂山のパラドックスに似ているなと思いましたが似ていませんでした。「ゆかり」は歯についている一粒まで「ゆかり」と呼べますからね。そういえば「ゆかり」という名称は『古今和歌集』に収録された短歌が由来のようです。推敲案は推敲というよりはこんな遊び方もあるという一例です。この短歌を「○○○○○ばかり残った○○○○をいつまで○○と呼べるだろうか」とテンプレート化すれば、次のように数種類の短歌をつくることができます。

底に砂ばかり残った暗闇をいつまで井戸と呼べるだろうか
おじいさんばかり残ったショッカーをいつまで悪と呼べるだろうか
おばあさんばかり残った合コンをいつまで夢と呼べるだろうか
廃棄物ばかり残った青色をいつまで海と呼べるだろうか

短歌を始めて間もない方は、穴埋め問題のように短歌のリズムを身につけたり、発想の体操をするのもひとつの手です。

だれに向けて書くか

ヤスギマイ

元歌：驟雨のあと黄色い五時半が来て失踪告げる町内放送
推敲：驟雨、そのあとの黄色い五時半に公民館が告げる失踪

「黄色い五時半」というのは驟雨（しゅうう）（にわか雨）によって空気の洗われた夕方のことでしょうか。そこに差し込まれる不穏な音。内容としてはよいと思います。けれど、定型のリズムで読もうとすると「しゅううのあ／ときいろいごじ／はんがきて／しっそうつげる／ちょうないほうそう」と妙な切り方をすることになる。そこが少しもったいない。こういう場合は、語順を変える、省略可能な箇所を探す、別の言葉で言い換える、など推敲をして定型にしてみましょう。推敲案以外にも、

驟雨、そのあとの黄色い五時半にスピーカーから漏れる失踪

驟雨、そのあとの黄色い五時半に行方不明の放送が降る

このようにすれば、読者に余計なストレスを与えることなく内容に集中してもらうことができます。ただ、形を整えることによって失われるものも当然あります。真意から遠ざかってしまうこともあるでしょう。僕自身、自分の短歌や他人の短歌を推敲していて、短歌らしくはなったけど最初の想いや輝きは消えてしまったかもしれないな、と反省することがあります。推敲前と推敲後のどちらを選ぶかは、だれに向けて書くか、という好みの問題です。自分に向けて書くのか、他者に向けて書くのか。僕は基本的に後者のタイプですが、このふたつはどちらかを選んで絶対にこうだと決めるのではなく、短歌ごとにその濃度を濃くしたり薄くしたり、揺れ動いて良いものだと思います。

百年後

元歌：ペットボトルの蓋に収まるような些細な愚痴だけど、ねぇ、聞いて　はみを
推敲：いろはすの蓋に入れてもこぼれない些細な愚痴だけど、ねぇ、聞いて

「ペットボト／ルの蓋に収／まるような／些細な愚痴だ／けど、ねぇ、聞いて」と切れば五七五七七で読むことができますが、上句のぎこちなさが少し気になります。例えば「ペットボトル」を「いろはす」「エビアン」「綾鷹」「伊右衛門」「スコール」とか、ぱっと思いつくのはこれくらいですが、四音の商品名に変えてみるのもひとつの手です。ただ、商品名を出すことによって同時代に生きる人への浸透率を高めたり、その商品に付随するイメージをそのまま利用することもできるのですが、百年後にこれを読む人には伝わらなくなる可能性があります。「ペットボトル」ならわかるかもしれないが「いろはす」が何を指すのかはわからない。商品名を出すかどうかは推敲時に考慮すべきポイントかもしれま

せん。僕自身は同時代で共有するライブ感というのを大事にしたいし、つくる短歌のすべてに商品名が出てくるわけじゃないのだから少しくらいあってもいいと思います。百年後も百年後の商品名を使って百年後の方々が短歌をつくるでしょう。

重なりの解消

元歌：かぶとむしゼリーの赤い透明をひかりに透かせば夏がきこえる　砂崎柊
推敲：かぶとむしゼリーの赤い透明を陽に重ねれば夏がきこえる

ずっと耳に入り続けている周囲の音（蝉や風鈴など）が「ひかりに透か」した「かぶとむしゼリー」に見とれふっと聞こえなくなり、我に返ったとき、また周囲の音が聞こえるようになる。「夏」の象徴である「かぶとむしゼリー」が引き金となり、これまで耳に入ってきていた周囲の音は「夏」の音だったんだなと実感した。そのように読みました。視覚から聴覚へのずらし方も巧みな一首です。この短歌の推敲は少し苦労しました。一首のなかに二回「透」という字が登場している。それを解消するために、

かぶとむしゼリーの赤いおろかさをひかりに透かせば夏がきこえる
かぶとむしゼリーの赤いあやうさをひかりに透かせば夏がきこえる
かぶとむしゼリーの赤いさみしさをひかりに透かせば夏がきこえる

とまずは「透明に」を推敲しました。でもこれでは「かぶとむしゼリー」に余計な意味が入りすぎているなと思ったため「透かせば」に手を加えて、

かぶとむしゼリーの赤い透明をひかりに刺せば夏がきこえる

としましたが「刺せば」では元歌の穏やかさが失われてしまう。最終的には「ひかりに透かせば」を「陽に重ねれば」とすることで「透」の重なりを解消し、推敲を終えました。

おわりに

木下龍也を信じるな。

この本に収録されたすべてを遂行しても、あなたは僕になれないし、僕があなたになることもできない。これは幸福なことです。山は無数にあり、山の登り方も無数にある。どの山を選んでもいい、どの道を選んでもいい。

第1章から第3章まではほとんど命令調で書きましたが、押し付けるつもりはありません。僕はこうやってきました、というだけです。本書を参考に、どうか自分に合ったやりかたを見つけてください。

たまに僕自身も、なんでこんなに夢中になって短歌をつくっているんだろうと思うことがあります。なぜでしょう。ほんとうにわかりません。歌人は短歌というパズルに言葉というピースをはめながら、最終的には自分自身がピースとなり、短歌の歴史にはめられるかわいそうな生き物なのかもしれません。

短歌よりあなたの人生を豊かにするもの、あなたの人生の役に立つものなんていくらでもあります。何度でも言いますが、短歌よりも大切なのはあなた自身です。

それでもあなたが短歌をやりたいならば、やらなければならないなら、その31音で、僕の胸を撃ち抜いてください。僕はいつでも両手を広げてあなたの短歌を待っています。

二〇二〇年十月　木下龍也

本書は著者講師による短歌教室をもとに
書き下ろしました。

好評のため増刷しました。感謝の気持ちを込め
著者より「書店」をお題にした新作短歌二首です。

風だけが似ている街でGoogleに本屋の場所を教えてもらう
ばあちゃんはいつも本屋でぼくに買う本の厚さをよろこんでいた

天才による凡人のための短歌教室
木下龍也

初版第1刷発行　2020年11月15日
第10刷発行　2024年 6月18日

装　丁　寄藤文平
組　版　小林正人（ＯＩＣＨＯＣ）

発行人　村井光男

発行所　株式会社ナナロク社
〒142-0064
東京都品川区旗の台4-6-27
電　話　03-5749-4976
ＦＡＸ　03-5749-4977

印刷所　中央精版印刷株式会社

Printed in Japan ISBN978-4-904292-99-0 C0095

巻末作品

あなたのための短歌展の記録

木下龍也

あなたのための短歌展

歌人　木下龍也
会期　２０２０年9月1日～9月13日
会場　ＣＬＯＵＤＳ ＡＲＴ＋ＣＯＦＦＥＥ（東京・高円寺）
主催　ナナロク社

本展のもととなる「あなたのための短歌一首」は、木下龍也による短歌の個人販売プロジェクト。購入者からメールで届くお題で短歌をつくり、それを便箋に書いて封筒で送る。制作した短歌を作者は記録せず一切公表しない。購入者はその短歌をどのように使ってもかまわない。

本展では、制作した短歌の公開と、依頼者からのお題を要約した形で展示することを前提に販売した。制作する短歌は一日二首（午後3時の回と午後5時の回）。依頼者は来場かオンラインでお題の詳細を直接歌人に伝える。時間は15分。その後、歌人は約1時間で短歌をつくる。会場内で歌人が短歌をつくる姿もそのまま展示として公開した。

展示は13日間連続で行われ、計二十六人の依頼者と対峙し、二十六首の歌がつくられた。

お題　十数年ぶりに会う恩師への恋にも似た感情について。

先生へ、あなたの胸でねむる夜以外はすべて手に入れました。

9月1日午後3時

欲求に素直な個体から順に死後の世界へ釣り上げられる

お題　素直になることについて。

9月1日午後5時

9月2日午後3時

お題　つらいこともあったが生まれてから一万日目以降も生きていくための短歌。

飾れない絵ほどやさしく抱きしめて一万一枚目を描くよ

気を抜けば平凡となる人生へ西荻窪という劇薬を

お題　二十代会社員。西荻窪での新生活について。

9月2日午後5時

お題　名前で一首。

照れながらあなたが見せる　杉山に隠そうとしていた翠玉(エメラルド)

9月3日午後3時

撫でるたび「けもの」を忘れ「なまけものさん」はあなたの「なまさん」になる

お題　「なまさん」という大切なぬいぐるみについて。

9月3日午後5時

9月4日午後3時

お題　兄のように慕っていた親友のことがどうでもよくなってしまったことについて。

夕空のわずかに先をゆくきみを好きなままでは春が見えない

どこへでも行けるあなたの舟なのに動かないから棺に見える

お題　変化を恐れることをやめたい。

9月4日午後5時

9月5日午後3時

お題　最近は吹いていないけれどあきらめきれないトランペットについて。

あきらめの吐息でもいい銀色の冷めた身体に熱をください

夕やけのスカイツリーが急行の窓をひととき映画に変える

お題　電車からスカイツリーを見たあの一瞬について。

9月5日午後5時

お題　優しいということについて。

千の手をすべて失くした観音は人に優しくできるだろうか

9月6日午後3時

ばあちゃんのあたらしい名に咲いている梅をわたしは現世で愛す

お題　祖母の戒名に「梅」という字が入っていてうれしかったことについて。

9月6日午後5時

9月7日午後3時

お題　三歳の息子から話を聞いて短歌をつくってほしい。

ママと手をつないだときにわかったよ星のやさしい持ち帰り方

冒険はあなたが笹に覆われた未来の穴に落ちて始まる

お題　運命的な出会いが重なって結社に入ったことについて。

9月7日午後5時

9月8日午後3時

お題　私の自己紹介になるような一首。

不死鳥と呼ばれた過去もありますがいまはみんなのサザエさんです

我という文字に牽引されて蛾は狂ったように光を目指す

お題　好きな小説の一節について。

9月8日午後5時

9月9日午後3時

お題　リーダーとしての背中を押してくれる歌（秋の要素を添えて）。

先頭がゆれてしまえばその群れは夜の長さにこわれてしまう

戻れない橋を歩いているのだと十九歳でただ思い知る

お題　十九歳とは何だったのか。

9月9日午後5時

9月10日午後3時

お題　年齢を重ねて感じるプレッシャーについて。

花束をほどけば薔薇のそれぞれにかけがえのない傾きがある

刺すね　でもあなたの生きる場所がここではなくぼくのなかになるだけ

お題　愛する人に殺されたい。殺す側の視点で短歌をつくってほしい。

9月10日午後5時

9月11日午後3時

お題　生きているだけで感じる居心地の悪さについて。

酸欠の水槽内でそれぞれに深い呼吸を自制する夜

とびきりな容姿のせいでたましいを見てもらえない美女も野獣も

お題　うつくしい人を目の前にしてもひるまないための短歌。

9月11日午後5時

9月12日午後3時

お題　洋服を買い過ぎるのを止めてほしい。

栓のない浴槽に湯を注ぎ込みつま先だけをあたためている

どうせなら痛い痛いに支配されあなたのことを忘れたかった

お題　木下龍也の辞世の句（安楽死）。

9月12日午後5時

9月13日午後3時

お題　誕生日の自分へ自分が贈る言葉。

これからもすこし崩れたケーキごと笑える日々でありますように

いらだちを胸のフィルムに焼き付けてきみはたびたび暗室へゆく

お題　このつまらない世界について。

9月13日午後5時

本書制作と同時期につくられた作品として巻末に掲載しました。